시

강기원 강정희 강지인 경종호 권기덕 권영상 김개미 김　룡
김　물 김봄희 김성민 김성은 김용성 김용우 김은오 김준현
김태은 김현서 김현욱 남호섭 문　봄 문성해 문　신 박경임
박정완 방주현 방지민 서재환 성명진 손동연 송선미 송진권
송찬호 송창우 송현섭 신술원 안도현 안성은 안진영 안학수
온선영 유강희 이만교 이　안 이유진 이정록 임수현 임희진
장동이 전수완 정유경 정준호 정희지 조인정 최문영 최인혜
포　도 함민복 홍재현 황남선

그림
배도하

올해의 좋은 동시 2024

권영상 김제곤 안도현 유강희 이안 외

상상

꼬질꼬질하면서도 깊고, 얕으면서도 풍부한

'올해의 좋은 동시 2024' 작품 선정 작업은 10월 첫 주부터 시작되었다. 계간지의 경우 2023년 겨울호부터 2024년 가을호까지, 월간지는 2023년 11월호부터 2024년 10월호까지 발표된 작품을 대상으로 하였다. 우리가 검토한 온·오프라인 수록 지면은 아래와 같다.

『내일을 여는 작가』『동시마중』『동시 먹는 달팽이』『동시발전소』『동화향기 동시향기』『문학동네』『미주문학』『불교문예』『생명과 문학』『소년』『시로 여는 세상』『시와 동화』『시와 소금』『시와 징후』『아동문예』『아동문학세상』『아동문학평론』『어린이와 문학』『열린아동문학』『창비어린이』『충북작가』『충주작가』 레터링 서비스『블랙』『동시빵가게』『문장웹진_콤마』『비유』『작가들』『오디오 동시마중』 등

선정 위원 5인은 잡지를 배분해 열흘 동안 읽고 1차 추천작으로 326편을 골랐다. 동시를 싣는 잡지가 대거 늘어나고 시인들의 표현 양상이 다양화된 탓에 좋은 작품을 고르는 일은 상당한 고역을 수반했다. 천편일률적인 상상력과 안쓰러운 동심주의에 기댄 작품들은 우선적

으로 제외되었다. 말놀이를 통해 표현의 재미를 구하던 작품들도 꽤 줄어든 것처럼 보였다.

무엇보다 눈에 띄는 것은 시들이 매우 구체적인 소재와 정황을 다루면서 세밀하고 입체적인 사유를 담고자 하는 점이었다. 그것은 동심을 자의적으로 일반화하는 오류에서 벗어나고자 애를 쓰고 있다는 뜻일 것이다. 구체적인 것은 언제나 공감의 영역을 확보할 가능성이 높아진다. 그럼에도 우리는 시인들의 구체성에의 집착이 동시의 보편성이나 확장성의 폭을 제한할 수도 있다는 점을 지적해 두고자 한다. 꼬질꼬질하면서도 깊고, 얕으면서도 풍부하고, 길면서도 단순하고, 순간을 포착한 것 같은데도 영원을 보여 주는 동시는 불가능한 것일까? 우리 동시가 앞으로 세계의 어린이 독자들을 만날 수도 있다는 전망은 허망한 꿈이 아닐 것이다. 그런 때가 오면 한국이라는 지역에 국한된 동시가 아니라 인류의 마음을 사로잡는 어떤 보편적인 단순성을 염두에 두어야 할지도 모른다. 궁리해 볼 때가 아닌가 싶다.

우리는 1차 추천작을 돌려 읽고 그중에서 각자 40편씩을 다시 추천하였다. 이렇게 해서 시인의 이름과 작품이 복수로 겹친 50편을 선정

했다. 여기에다 선정 위원 5인이 빠뜨리고 싶지 않은 작품 2편씩을 추가로 선정해 '올해의 좋은 동시 2024'에 실릴 60편을 결정하였다. 때는 10월 말이었다.

　작품을 다시 실을 수 있도록 허락해 준 시인들께 감사드린다. 여기 실린 동시 한 편 한 편이 우리 동시의 기준점이며 나침반이라는 자부심을 가져 주시기를 바란다. 우리의 눈이 어둡고 밝지 못해 이곳으로 초대받지 못한 시인들께도 따스한 악수를 건네고 싶다.

2024년 12월

권영상, 김제곤, 안도현, 유강희, 이안

차례

악어의 눈물

강기원

침을 삼키려다
실수로 악어새를 삼켜 버린 악어

소문이 퍼져
그 후로 악어새가 한 마리도 오지 않는 악어

숲속 이야기를
조잘조잘 입속에 넣어 주던
귀여운 친구가 사라지자
외롭고 슬픈 악어

뱃속에서 악어새가 악악
울고 있는 악어

악어새보다 더 울고 싶은 악어
진짜 눈물을 흘려도
아무도 동정해 주지 않는 악어

* 악어와 악어새의 공생 관계는 사실이 아님이 밝혀졌다. 악어는 스스로 이빨 교
  체를 하고 이 사이가 넓어 찌꺼기가 끼지 않으며 악어새는 고기를 먹지 않는다.

『창비어린이』 2024년 가을호

비밀

강정희

사그락사그락 수달이 갈대를 찾아왔다

"절대 누구에게 이야기하면 안 돼!
죽을 때까지 너랑 나랑 비밀이다"

소곤소곤 소곤소곤

무어든 쏟아 대기 좋아하는 쥐가 물었어
"무슨 얘기 했어?"

갈대는 고개를 흔들며
몰라몰라몰라

무어든 물어 나르기 좋아하는 오목눈이가 물었어
"무슨 얘기 했어?"

갈대는 고개를 흔들며
몰라몰라몰라

입 큰 바람도 물었어
"이곳에 무슨 일이 있었던 거지?"

갈대는 고개를 흔들며
몰라몰라몰라

용이 된 미꾸라지가 여의주를 물고
하늘로 올라갔지만

갈대는 백발이 될 때까지 고개를 흔들었어
몰라몰라몰라

『블랙』 제78호(2024. 5. 26.)

그 여름

강지인

뜨거운 햇살이 반짝이는
그 여름의 기억은

촘촘하고
단단해서

한여름 길게 늘어진 그림자처럼
마음속 깊이 드리워져 있지

그 여름은
짧았지만

시간이 흘러 마주하는
그 여름의 생김새는

여전히 또렷해서
반짝,

설렘으로 늘

서성거리게 하지

『동시마중』 2024년 9·10월호

칸타만로 시장*

시장엔 옷이 많지요.
옷 만드는 공장 하나 없는 나라에
산더미처럼 쌓여 있지요.
세상에서 가장 많지요.

그곳에서는
소들도 풀 대신 옷을 먹지요.**

옷을 먹고
흰 소는 검은 소가 되고
검은 소는 누렁소가 되고
누렁소는 얼룩소가 되지만 결국
모두 죽지요.

줄을 서서 옷을 배급받아요.
혹, 어떤 옷은
유리 조각에 베인 발바닥과 바꾸기도 하지요.

epl, nice, addidas……

아이들은 맨발로 가서
지구를
검은 봉투에 마구 담지요.

* 아프리카 가나에 있는 시장으로 선진국에서 버려진 헌 옷들을 파는 곳.

** 다큐멘터리 〈옷을 위한 지구는 없다〉에서 옮겨 씀.

『동시마중』 2024년 7·8월호

사과의 말

권기덕

사실 내 몸속에는 사각형이 살고 있어요
사각사각 사각사각
소리 들리나요?

사각의 햇빛
사각의 빗방울이
간질거려요

내 붉은 몸속에 감춰진 사각형들은
생각보다 많아서
사각 소리가 쉴 새 없이 나요
어쩌면 사각 벌레와 사각 새가 놀러 오고
사각 바람이 불었는지도 몰라요

모서리 때문에 아프지 않냐고요?
각진 마음도 생기지 않았냐고요?

글쎄요, 내 둥긂 속에 사각형들을
잘 버무렸나 보죠
친구들은 내게
달콤한 행복을 준다며 좋아했어요

사각사각사각사각사각사각사각사각사각……
바로 사과의 말이니까요

원고지 빈칸처럼
사각형으로 온몸을 채워 볼까요?

나는 망설임 없이
누군가의
붉고 붉은 문장이 될 거예요

『블랙』제59호(2024. 1. 14.)

거꾸로

권영상

다람쥐가
거꾸로 나무를 타고 내려온다.
그 바람에 숲이 곤두박질칠 뻔했다.
하늘이 푸른 물을 조금 쏟았다.
두린두린 숲길을 걸어 내려오던 아저씨들이
놀라 비틀, 했다.
골짜기를 구르던 도토리들이
구를까 말까
잠깐 망설였다.

다람쥐가
방향을 바꾸어
다시 나무를 타고 올라간다.
그제야 숲이 휴우, 한숨을 내쉰다.

거인이 쓰러졌다

거인이 쓰러지길 바랐다

거인이 무슨 착한 일을 했는지
무슨 나쁜 짓을 했는지
중요하지 않았다

거인이 누구를 사랑하는지
무엇을 소중히 여기는지
알고 싶지 않았다

어떤 꽃을 기르고
어떤 동물에게 먹이를 주는지
알 필요가 없었다

거인의 눈을 본 적 없으면서
거인의 목소리를 들은 적 없으면서
거인이 쓰러지길 원했다

산더미같이 많은 돌을 맞고
마침내 거인이 쓰러졌을 때
고개를 돌려 언덕 너머를 보았다

이마에 붙은 구름을 털며
새로운 거인이 나타나길 기다렸다

『동시 먹는 달팽이』 2024년 여름호

돌멩이의 마음

김룡

수변공원 나무 벤치 위에 돌멩이 하나 놓여 있다.

언젠가 꼭 한번은 흙 묻은 엉덩이 툴툴 털고 사람들과 나란
히 앉아
뭔가를 골똘히 생각해 보고 싶었던 돌멩이의 마음을
학교 갔다 오던 아이가 읽었을 것이다.

가끔씩 물렁해지는 그 마음을 자기가 앉았던 자리에
가만히 올려놓았을 것이다.

『어린이와 문학』2024년 봄호

각 티슈가 두루마리 휴지에게

김물

나는 속을 드러내지 않아
마음도 한 장 두 장 계산하며 준다고 하지
사실 정갈한 성격일 뿐인데

여러 장소를 돌아다녀 본 적도 없고
가만히 앉아 생각에 잠겨 있곤 해
그날도 식탁 위에 묵묵히 있을 때였어
너를 처음 본 날은

너는 달리고 있었다
뒤도 돌아보지 않고

네가 지나간 길은 얼마나 아름다웠는지
한 해 마지막 날
티브이 속에 나오던 빨간 길 같았다

한껏 차려입은 사람들이 걸어가던 그 길처럼

네가 펼쳐 놓은 하얀 길을
아주머니가 무릎 굽혀 따라가는 걸 보았어
둥글게 말리는 길 곁에
갈색 고양이가 맴돌고 있었지

오늘 아침, 아이가 식탁에 물을 쏟았어
빠른 속도로 상자를 빠져나오면서
한순간 나도
내달린 것 같았어

그 후 계속 네가 떠올라
모든 것을 걸고 달려 나가던 모습이

언젠가 다시 만날 수 있다면
말해 주고 싶다

너는 내 영웅이라고

『창비어린이』 2024년 여름호

오백 원

김봄희

아빠,
아이스크림 사 먹게 오백 원만 주세요

35년 전 그날,
유치원에 다녀온 일곱 살 아이는
아빠한테 받은 오백 원을 꼭 쥐고 슈퍼에 가다
미군 트럭에 치여 쓰러졌는데

트럭 운전자는 전화만 하고
트럭 운전자는 병원에 데려가지도 않고
트럭 운전자는 아빠가 도착할 때까지
트럭 운전자는 아이를 흰 천으로 덮어 놓고
트럭 운전자는 오백 원이 아직 따뜻한 줄도 모르고
트럭 운전자가 그러는 사이
오백 원은 점점 식어 가고
트럭 운전자는 알아듣지 못할 소리를 지껄이다 떠났지만

파주 장파리 그 길은
기억하고 있던 거야
내가 그 길을 걸을 때
오백 원을 꼭 쥐고 있던 그 아이를
만나게 해 준 걸 보면 말이야

* 1988년 4월 14일 파주 장파리에 살던 정완수 씨는 후진하는 미군 차량에 큰아
들을 잃었다. 사고를 낸 운전병은 사과 한마디 없이 떠났다.

『창비어린이』 2024년 봄호

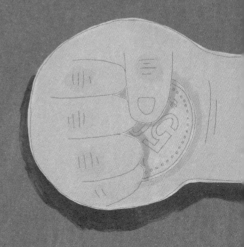

케이크 상자에서 달랑거리던 원뿔 꼬마 이야기

김성민

단단한 원뿔
꼬마는
자기 소리가 이렇게나 크고
저렇게나 멀리 날아갈 거라는 걸
달랑거리며 오면서도 전혀 몰랐단다

펑!
(이어지는 우레와 같은 손뼉과 노래)

아기는 깜짝 놀라 숨넘어가게 울고
사람들은 아기를 달랜다고 난리법석이었지

단단한 원뿔

꼬마도

자기 소리에 얼마나 놀랐는지 글쎄,

구석에서 입 딱 벌리고 데굴데굴 기절해 있더란다

『어린이와 문학』 2024년 가을호

소나기 온다더니 안 오네

김성은

달팽이 한 마리
명아주 잎사귀 뒤에서
나올락 말락

툭!
아니 (매실 한 알 떨어졌네)

후드득!
아니 (까치 아줌마 날아오르네)

다다다닥!
아니 (염소 아저씨 바삐 달려가네)

기다란 뿔이
자꾸만 길어지는
여름날 오후

『문학동네』 2024년 여름호

어쩌다 얼음

김용성

날 보면 표정이 딱딱하다는 거야
각진 외모 때문에 오해가 많다나
싸한 분위기 또 싸늘한 눈매까지
어쩌다 슥 스치기만 했을 뿐인데
다들 내게 냉랭한 표정을 짓더라
꽁꽁 얼어도 꽁하진 않아 스르르
따뜻한 구석도 있어 가만히 보면
차갑게만 보여도 녹아들 줄 알아
네모나든 둥글든 따지는 법 몰라
그릇이 작다거나 속이 좁다는 둥
뭐라 뭐라 안 해 그냥 어울릴 뿐
찬바람엔 더 딴딴하게 하나 되지

속이 다 시원해 갈증엔 얼음물이
냉면이 글쎄, 나 없으면 안 된대

날 물로 본대도 좋아, 난 나니까

개미굴

김용우

쪼그리고 앉아
지구 귓속을 들여다본다

개미들이
지구 귀지를 물고 나와
지구 밖에다 내다 버린다
끝도 없이 버린다

지구 귓속이
뻥~
뚫렸다!

『어린이와 문학』 2023년 겨울호

샹그릴라

털털거리는 버스가 멈추어 섰습니다.
돼지 가족 7마리가 길을 천천히
가로질러 지나가고 있었습니다.
버스는 돼지 가족이 다 지나간 뒤에
다시 덜컹거리는 길을 갔습니다.
뒤돌아보니
벌판에서 돼지 가족이
흙을 뒤지고 있었습니다.
'샹그릴라'라는 곳을 지나갈 때였습니다.

* 샹그릴라: 이상향, 숨겨진 낙원이라는 뜻으로 쓰인다.

『블랙』제83호(2024. 6. 30.)

35

가위질 운전

김준현

일자로 뚫린 고속도로입니다
이 정도는 껌입니다 단번에 초속 10cm로
점선을 따라 달려서
싹둑! 색종이를 반으로 나눠 버립니다

사각형도 쉽습니다 코너에서 꺾을 때만 주의하면
창문도 되고 편지도 되고 보물 상자도 되는
곳으로 돌아옵니다

이번에는 동그라미 코스입니다
커브를 돌 때는 천천히 모난 데 없이 돌면서
아이 볼처럼 부드럽게
운전을 해야 합니다
엄지와 검지 근육에 힘을 적당히 주는 기술과
눈빛이 중요합니다, ♡ 코스를 돌 때도
낙엽 코스나 구름 코스에서도 주의하셔야 해요
옆에서 방해하시면 안 됩니다

제일 어려운 코스는 사람 코스입니다
머리카락 선부터 콧등 선 손가락 사이사이 발가락 사이사이
고비고비 굽이굽이 잘 꺾어야 하고
선을 넘지 않아야 하고
속도를 줄여야 하는 곳이 참 많습니다

한 사람을 온전하게 완성하는 게 제일 힘든 일입니다

땀이 맺힙니다 손이 저립니다
그러나 포기하지 않고
천천히 가위를 몰아 도착하니
종이 속 그림 같았던 한 사람이 드디어 해방됩니다
가위가 입을 완전히 다뭅니다
이제 시동을 끕니다

『동시마중』 2024년 1·2월호

경고

김태은

미국 플로리다주 해변에서
바다거북알들이 깨어나고 있어
아! 그거 알아?
바다거북은 알둥지 온도가 27.7도 이하면 수컷으로
31도 이상이면 암컷으로 태어난대
쉿! 한 마리가 태어났어
암컷이야
아, 또 한 마리
암컷이네
그러고 보니
암컷, 암컷, 암컷, 암컷, 암컷, 암컷, 암컷, 암컷, 암컷, 암컷
암컷, 암컷, 암컷, 암컷, 암컷, 암컷, 암컷, 암컷, 암컷, 암컷
암컷, 암컷, 암컷, 암컷, 암컷, 암컷, 암컷, 암컷, 암컷, 암컷
암컷, 암컷, 암컷, 암컷, 암컷, 암컷, 암컷, 암컷, 암컷, 암컷
암컷, 암컷, 암컷, 암컷, 암컷, 암컷, 암컷, 암컷, 암컷, 암컷
암컷, 암컷, 암컷, 암컷, 암컷, 암컷, 암컷, 암컷, 암컷, 암컷
암컷, 암컷, 암컷, 암컷, 암컷, 암컷, 암컷, 암컷, 암컷, 암컷

암컷, 암컷, 암컷, 암컷, 암컷, 암컷, 암컷, 암컷, 암컷, 암컷
암컷, 암컷, 암컷, 암컷, 암컷, 암컷, 암컷, 암컷, 암컷, 암컷
암컷, 암컷, 암컷, 암컷, 암컷, 암컷, 암컷, 암컷, 암컷, 암컷
백여 개의 알들이 모두 암컷이야!

해변의 모래 온도가 올라가
4년째 수컷은 한 마리도 태어나지 않았다는데
이대로 정말
괜찮을까?

『시와 동화』 2024년 여름호

의자에 앉아 보고 싶은 노란 의자

김현서

시우가 노란 의자에 앉아서

진료받을 차례를 기다릴 때

목발을 잠시 쉬게 하고 생각에 잠길 때

기다리다 설핏 잠이 들 때

노란 의자는 시우의 마음이 궁금해져요

노란 의자는 한 번도 의자에 앉아 본 적이 없으니까요

노란 의자는 한 번도 목발을 짚어 본 적이 없으니까요

웹진 『동시빵가게』 2024년 2월호

식당 의자

김현욱

장사가 끝나면
식당 의자는
식탁에 올라
거꾸로 잠이 드네
비로소
네발 뻗고
반듯한 꿈을 꾸네

『동시발전소』 2024년 봄호

목도리도마뱀

남호섭

애야, 목이 따뜻하면 감기에도 안 걸린단다
한번 목에 두르면 풀고 싶지 않을 거야
우리 집안 대대로 내려오는 멋 내기 방법이기도 하지
열난다고 아무 데서나 풀어 헤치면 절대 안 돼!

『동시발전소』 2024년 여름호

개구리닷컴

문봄

비 오는 휴일 아침에 누가 파리 사냥 나가니?

마켓파리에서 생생 배송 해 주잖아

근데 오늘은 좀 다른 걸 먹고 싶어

파리가 아무리 맛있어도 가끔은 싫증 나

조금 전에 맹꽁이한테 문자가 왔어

맹꽁24 편의점에서 이벤트 한다는 거야

지렁이 한 마리 사면 한 마리 더 준대

아유, 과식은 안 되는데! 어떡해

몸이 무거우면 높이 못 뛰니까

장마 오기 전에 우물 공사를 해야겠어

밖에 나가면 까마귀가 우물 안 개구리라고 놀리더라

게네들은 수영도 못 하고 매력적인 물갈퀴도 없잖아
깊은 바닥에 걸터앉아 별 보는 기쁨도 모르면서
참! 저녁에 양서류 협동조합 화상 회의 하지
일 년 내내 결석한 금개구리도 온대
살던 곳에서 쫓겨나 새로운 습지로 이사했는데
사람들이 공사를 또 시작해서, 당최 못 살겠대!
얼른 운동 다녀와 컴퓨터 켜야겠다

김

엄마가 참기름과 소금으로 밤을 재워요
짭짤 고소하게 밤을 재워요

밤이 이렇게 사각이라니요
밤이 이렇게 무섭지도 뒤척이지도 않는다니요

엄마는 바닷속에서 나온 밤이라 그렇대요

말미잘과 해파리와 소라가
한 땀 한 땀 코바늘로 떠서 그렇대요

자세히 들여다보면
조개와 해마와 불가사리 무늬도 보일 거래요

이 밤에 밥을 싸서 먹으면
오늘 밤은
산홋빛 총천연색이 될 거래요

물결 일렁이는

고래의 꿈을 만나게 될 거래요

웹진『문장웹진_콤마』(2024. 8. 27.)

짜장면과 달

문신

중국집 구석에서 할머니와 손자가 짜장면 한 그릇 놓고 다
정하게 나눠 먹는다

야야,
니는 왜 짜장면에 단무지를 묵는 줄 아냐?

짜장면이 시커멓제? 그제?
캄캄한 짜장면이 목구녕에 넘어가면 어찌겠냐?
캄캄한께 길을 잃어뿔겠제, 잉?
그것이 바로 체하는 것이여
체하면 숨이 아주 꼴깍 넘어가 뿐다
오매, 다시는 할매 얼굴 못 본단 말이다

근디, 잘 봐라
이 단무지가 뭣같이 생겼냐?
잉, 달같이 생겼제?

긍께 단무지를 요로코롬 먹으면
달이 목구녕을 훤하게 밝혀 주지 않겄냐?
짜장면이 체하지 말고 쑤욱 내려가라고 말이여

긍께
짜장면 먹을 때는 꼭 단무지도 먹어야 쓴다, 잉?
그래야 니 숨도 할매 숨도 암시랑토 안 헐 거시여
사는 길이 캄캄하지 않고 훤할 거시란 말이여
할매 말 알겄제?

『동시마중』 2024년 1·2월호

사철나무

박경임

길가에 줄 서 있는
우리 키는 모두 똑같아 보이지

작년 봄에도 올봄에도
가지를 쑤욱 올렸는데
모두 잘렸거든

내년에도 내후년에도
가지를 내밀면 또 잘릴 거야

더 이상 키가 크면 안 된다고
이 이상을 생각하면 안 된다고

그래도 우리가 쉬지 않고 가지를 뻗는 일이
헛일은 아니야

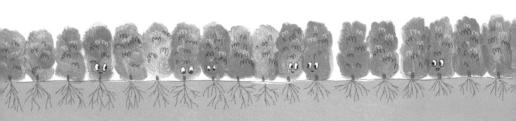

봐, 가지 아래 밑동이 두꺼워졌잖아

뿌리도 두꺼워져서
깊이 내려가고 있어
랄랄라 사방으로 뻗어 가고 있어

우리 키는 아래로도 자라지
아무도 자르지 못하지

『동시마중』 2024년 9·10월호

달팽이의 사랑법

박정완

그거 알아?
달팽이는 아빠도 되고 엄마도 될 수 있어

달 밝은 밤에,

달팽이가 사랑을 할 때는
서로를 먼저 찌르려 하지

사랑을 할 때 얼굴에 생기는 구멍, 그 안의
단단한 가시로 서로를 먼저 찌르려 하지

먼저 찌른 달팽이는 아빠가 되고
찔린 달팽이는 엄마가 되기 때문이지

그거 알아?
엄마 달팽이는 백 개도 넘는 알을 힘들게 낳아야 하니까

달팽이가 사랑을 할 때는
서로를 먼저 찔러 아빠가 되려 하지

달 밝은 밤에,

웹진『작가들』2024년 여름호

대단한 우리 반

방주현

우리 반 친구들 24명은

옆 반이랑 축구할 때는
모두 한편이지

우리끼리 피구할 때는
열두 명씩 두 편이 되고

교실 책상은 한 분단에
여덟 명씩 3분단이야

생태 수업 할 때는 봄 여름 가을 겨울
여섯 명씩 4모둠으로 다녀

사회 시간 조사 모둠은
네 명씩 6모둠이고

즐겁게 춤을 추다가 선생님이
3!을 외치면 금세 작은 동그라미 여덟 개가 만들어져

친구 얼굴을 그려 줄 때는
두 명씩 마주 보는 열두 쌍이지만

스피드 공기 대회는
개인 선수 24명이 따로따로!

대단한 우리 반
참 대단한 24

웹진『작가들』2024년 가을호

계란말이를 말아

엄마는 매일 아침
최선을 다해서
빼먹지 않고
엄청 열심히
매일 연구하는지
모양도 속도 다른
계란말이를 말아
엄마는 선생님을
하다 말았거든

원래 엄마 계란말이가 예뻤던 건
아니래 원래는 엄마가 예뻤대
아니야 엄마는 지금도 예쁜데 했더니
아니래 원래는 예뻤는데 지금은
아니래 원래 엄마가 계란말이를 잘한 건
아니래 원래 엄마는 선생님을 잘했대

선생님을 하다 말아서 엄마는 아침마다 계란말이를
말 수밖에 없대 엄마 계란말이는 어제보다 오늘보다
내일 더 예쁠 거라서 엄마 마음은 좀 그렇대

엄마는 계란말이를 말았고 말고 말겠지만 언제 말 수 있을
지 모른대
엄마는 계란말이 말고 하다 만 거 하고 싶대

『블랙』제100호(2024. 10. 27.)

모래톱

서재환

작년에 왔을 때나
다시 와 본 지금이나

바다는 그대로네,
톱질을 한 건지 만 건지

모래톱,
그동안 뭐 했니?
할 일 않고 뭐 했니?

『동시 먹는 달팽이』 2024년 가을호

담장 위

성명진

고양이가 자주 올라가는 곳에
덩굴장미도 올라가 본다

살 만하네
난 이런 데가 좋더라

위험한 데서
내 꽃은 더 예뻐진다네

『동시발전소』2023년 겨울호

천하장사

손동연

하늘로
하늘로

돼지를 던져 올린다

개를 던져 올린다

양을 던져 올린다

소를 던져 올린다

말을 던져 올린다

내려와선
뒤집히거나
넙죽 엎드린
다섯 동물들*

일곱 살 영우도

천하장사다,

윷놀이 판에서는

* 윷놀이의 '도, 개, 걸, 윷, 모' 명칭은 동물에서 따온 것으로 '도'는 돼지, '개'는 개,
'걸'은 양, '윷'은 소, '모'는 말을 가리킨다.

『열린아동문학』 2024년 봄호

인동꽃

때로 인동은
겨울에 있는가 하면
때로는 다른 곳에 있어

어느 해 8월 순천이나
언니 핸드폰 사진 보관함 같은 데

오늘 우리 집 아침
5월 마당에서 피어난 향기 같은 데

언니와 그때,
나 있는 여기를
이어 주는 인동

때로 다른 곳에 있어
언제나 맡을 수 있는 인동꽃

향기를 동그란 자줏빛
리본 매듭으로 묶어 줄게

당겨 봐,
너에게서 풀리게
여기서 엄지랑 검지로
꼭 잡고 있을게

『시와 동화』2023년 겨울호

내가 기른 모든 개들

송진권

메리는 언젠가 집을 나갔고
해피는 병에 걸려 죽었지
누리는 누군가 몰래 데려갔고
늘보는 늙어서 죽었어

나는 개가 죽거나 없어질 때마다
다시는 다른 개를 키우지 않겠다고 맹세했어
울면서 다짐을 했지만
이상하게 또 개가 생겨서 키우게 됐지

지금 기르는 개는 땡구란다
난 가끔 땡구에게 해피라거나 메리
늘보라고 부르기도 하지
그럼 땡구는 신이 나서 내게 달려오는데
누리가 오는지 메리가 오는지 해피가 오는 건지
내가 길렀던 모든 개들이 다 내게로 오는 거 같아

그럼 난 머리를 쓰다듬어 주고

개껌이나 사료라도

언제나 먹을 걸 꼭 준단다

웹진『동시빵가게』2023년 12월호

분홍돌고래

하늘에는
내 친구
분홍 비행기가 있어

아마존 큰 강에도
내 친구
분홍돌고래가 있어

분홍은 구름 뒤로
자꾸 숨어
깊은 물속으로 자꾸 피해
분홍의 숫자가 점점 줄고 있어

분홍에게 편지를 써야지
자주 전화해야지
지구에서 사라지는
분홍들의 이름을 잊지 말아야지

『동시마중』 2024년 5·6월호

여린입천장소리 콧소리 이응

송창우

네모는
가만히 있어서 좋고

세모는
쓰러지지 않아서 좋고

동그라미는
잘 굴러가서 좋아요

둥근 지구를 닮은
동그라미 바퀴 받침으로

세모랑 네모랑 어울리면서
쉬엄쉬엄 어디든 굴러갈 수 있어요

『동시 먹는 달팽이』 2024년 여름호

돼지들의 나라

송현섭

수돗가에서

멍멍이가 수돗가에 누워 있다.
불에 탄 나무처럼 검다.
머리에서 꼬리까지
말끔히 면도를 마치자
갓 구운 빵의 갈색, 어른들은
고무호스로 구석구석 물을 뿌린다.
수돗가에 예쁜 기름 무지개가 뜬다.
팽이처럼 돌던 멍멍이의 꼬리는
이제 더 이상 흰색이 아니다.
흰색이 아니어서, 나는
깨죽나무 위의 새들에게
돌을 던진다.

마당에서

담벼락의 차가운 그늘을

몰래 들추고 기어 나온 뱀이

마당을 지난다.

햇빛이 뱀의 비밀을 쫓듯

반짝반짝 마당을 지난다.

껑충껑충 달려온 수탉이

뱀의 머리를 쪼아 댄다.

콕! 콕!

뒤집힌 뱀의 배는 눈부시게 하얗다.

마치 울음을 터트리는 것처럼.

푸드덕푸드덕

노랗고 까만 부리들이 몰려든다.

콕, 콕, 콕, 콕, 콕, 콕-------

눈 깜짝할 사이

뱀이 지워졌다.

개천에서

흙탕물과 쓰레기 사이로

죽은 돼지 한 마리

둥둥 떠내려오고 있다.

풍선처럼 터질 듯한 배다.

빙빙 도는 배다.

아이들이 돌을 던진다.

배에서 튕겨 나온 돌들이

꿀, 꿀------

물속으로 가라앉는다.

한 아이가 손나팔로 꿀꿀거린다.

꿀, 꿀------

아이들은 이제 모두 꿀꿀거린다.

꿀, 꿀, 꿀------

돌을 던지며

꿀, 꿀-------

돼지의 눈처럼 웃으며

꿀, 꿀, 꿀------

웹진 『비유』 2024년 7·8월호

안녕, 할아버지

할아버지 방에서 나온 아빠는 여기저기 전화를 하기 시작
했습니다

작은할아버지, 고모할머니, 큰아버지, 고모,

내가 알고 있는 분도, 모르는 분도 있었습니다

시간이 흐르자 아빠가 전화한 사람도 전화하지 않은 사람도

하나둘 모이기 시작했습니다

모두들 슬픈 얼굴을 하고 와서는

할아버지 방으로 들어가는 것이었습니다

열린 방문으로 가끔씩 훌쩍이는 소리가 들렸습니다

그러나 아무도 큰 소리로 우는 사람은 없었습니다

어른들 틈으로 보이는 할아버지는 무척 힘들어 보였습니다

어른들은 조금 더 가까이 가서 할아버지 귀에

무어라 속삭였습니다

할아버지를 보고 나온 가족들은 거실에 모였습니다

고모할머니는 밭에서 가져온 부추로 전을 부쳤습니다

며칠 동안 아무것도 드시지 못했다는 할아버지는 부추전
냄새를 맡고

부추전에 막걸리를 먹고 싶다고 하였습니다

고모할머니는 100원짜리만 하게 부추전을 부쳐 할아버지에게 드렸습니다

할아버지는 아주 힘겹게 부추전과 막걸리를 드셨습니다

잠시 거실에 나왔던 가족들은 또 하나둘씩 할아버지 방으로 들어갔습니다

나도 들어갔습니다 아빠가 나를 할아버지 가까이 데리고 갔습니다

할아버지는 눈으로 말을 했지만 나는 할아버지 목소리를 듣는 것 같았습니다

모두 할아버지와 인사를 하고 나오자

할아버지는 곧 눈을 감으셨습니다

그리고 다시는 눈을 뜨지 않으셨습니다

『블랙』 제52호 (2023. 11. 26.)

산양 새끼 똥

안도현

산양 새끼 똥은
작고
동글동글하고
새까맣다는데

백두대간 소백산에
큰 눈 내린다고 합니다

산양 새끼 똥은
벼랑에서 머리 맞대고
모여 있다가
눈을 맞겠습니다

산양 새끼 똥은
오돌오돌 얼어서
꽁꽁 얼어서
꼬물거리다가는 춥겠습니다

『동시마중』 2024년 3·4월호

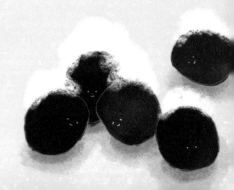

바닷가에 앉아서 우리는

안성은

해변에 닿은 파도 한 장 한 장을
풀로 딱 붙이고 싶다

우리가 파 놓은 물웅덩이에
좀 고여 있다 가라고 말이다

가족사진 찍을 때
하얀 파도 거품도 찍힐 수 있게
잠깐 멈춰 있으라고 말이다

아까 철썩거린 파도와
이제 철썩거리려 다가오는 파도가
서로 만날 수 있게

파도가 꽃잎처럼
겹겹이 쌓일 수 있게

파도 가장자리를 뒤집어
풀을 쭉 짜고 싶다

그렇게 다음 파도가
밀려오고 밀려와
층층이 쌓이고 나면

멀리 나가 아직 돌아오지 않는
누나가 탄 배까지
끌어 올릴 수 있지 않을까

우리는 바다에 갈 때마다
해변에 쪼그려 앉아
파도에 풀칠을 하겠다

『블랙』 제61호(2024. 1. 28.)

안진영

우리 학년 누구나 다 아는 자린고비 김우현은
세뱃돈도 하나도 안 쓰고 다 저금한다는 김우현은
누가 한 페이지나 남은 공책을 버렸냐고
폐휴지함을 뒤져 기어이 주인을 찾아 주고야 마는 김우현은

공책부터 아껴 써야 한다고
띄어쓰기 1칸이 1바이트라고
띄어쓰기도 안 하고 글을 쓴다

그러면서 애들이 공책 없다고 하면
어슬렁어슬렁 사물함을 열고 새 공책을 꺼내
막 나눠 준다 참 희한한 김우현

그러다가 어제 우리한테 내민 글은

①밤새운거야? ②너가버렸잖아 ③너무심하잖아 ④고민정
말많았어 ⑤아내가잘못했어 ⑥오늘밤나무사올게 ⑦빨간색
연필사러가자 ⑧나물좀줘

띄어쓰기로 텔레파시 게임 하자고 하지를 않나 참, 희한한
김우현

『블랙』제51호(2023. 11. 19.)

벌레 먹인 잎에게

너의 나무가 피우고 맺은
꽃만 어여쁜 게 아니란다.
열매만 장한 게 아니란다.

너도 그만큼
어여쁘고 장하단다.

네가 먹여 준 애벌레 하나
너를 닮은 날개를 달고
날아다니는 모습을 보라.

『동시마중』 2024년 7·8월호

노을

온선영

서쪽 마을에 노을이 왔어요
마차를 빌려 타고 왔어요

두 마리 말의 갈기가
치맛자락보다 길게 흩날리는 마차

마을 사람들이 한 푼 두 푼 돈을 모았지만
노을을 데러온 값에는 턱없이 모자랐지요

마부는 내일
이 시간에 다시 오겠다며

말 머리를 돌려
이랴!
이랴!

저녁 어스름 속으로
노을을 싣고 사라졌어요

『블랙』 제79호(2024. 6. 2.)

손바닥 동시
봄비와 바위

유강희

너도 한번 꽃 피워 봐
봄비가 꽃잎에 살살
풀칠해 바위에 붙인다

『문학동네』 2024년 여름호

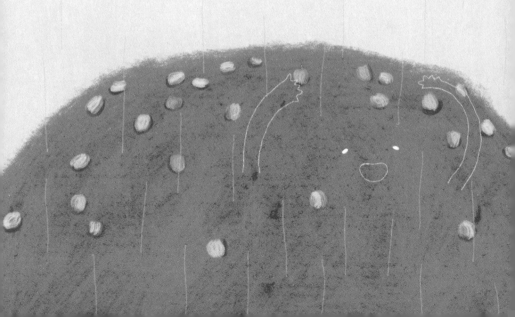

고양이를 그리지 않고 고양이 그리기

연필에
침을 묻혔어요.
고양이를 그리고 싶었거든요.

—와, 잘 그렸다!
짝꿍 칭찬에 아이들이 몰려왔어요.
다들 칭찬했지요.
—정말! 정말!

우쭐했어요.
—정말 잘 그렸다!
선생님도 와서 칭찬하셨어요.
—달리는 말을 그렸구나!

깜짝 놀라 고양이를 그린 거예요, 라는 말을 못 했어요.

선생님 칭찬을 듣고 나니까

내 눈에도 말 같아 보이는 거예요.

ㅡ고양이를 그린 거예요!

재빨리 말했지요.

ㅡ근데 지금은 달리는 말에 가려 잠깐 안 보이는 거예요!

웹진『작가들』2024년 여름호

코점이

이안

코점이는 코에 점이 있을 것 같지만
같이 태어난 다섯 마리 중 코점이만 코에 점이 없어
코점이만 코점이란 이름을 갖게 되었대
코점아, 하고 부르면
이름에 점이 있는 코점이가 얼른 달려와
편의점 언니 앞에 야옹,
그러면 사람들은
코점이 코에서 꼭 점을 찾아 보고
아무리 봐도 코에 점이 없으니까
잘못 온 코점이인가 코점이를 의심하지만
그걸 아는 편의점 언니는
얘만 코에 점이 없어 전에 일하던 분이
이름에 점을 붙여 줬대요 말해 주지
그러면 사람들은 코에 점이 없지만
이름에 점이 있으니까 코점이 맞네요 하면서
코점이에게 먹을 걸 사 주고 가기도 하니까
코점이는 저만 혼자 코에 점이 없어

이름에도 입에도 복점을 붙이고 사는 고양이

코점이는 오늘도 코점아, 하고 자기를 부르는

목소리에 얼른 대답할 준비를 하고

편의점 문 가까이에서 코를 반짝이고 있지

우리 동네 편의점에는

자기 코에 점을 붙여 준

우리 이모가 왜 이렇게 오래 보이지 않나

궁금해하는 코점이가 살지

『동시마중』 2024년 1·2월호

지킬 박사와 하이드 씨

이유진

어젯밤 지킬 박사는 계획을 세웠지

방학이라고 너무 나태해지니 안 되겠어
우선 아침 7시에 일어나는 거야
씻고 든든하게 아침을 먹은 후 책을 읽고
(흐흐흐 벌써 알찬 하루가 될 것 같군)
영어 단어를 외워 볼까, 한 오십 개쯤?
수학 문제도 풀고
(수학은 꾸준하게 해야 하니까)
공부만큼 운동도 중요하니 산책도 하면 좋겠어
걸으면서 음악도 듣는 거야
책, 공부, 운동, 음악……
좋아, 아주 완벽한 하루가 되겠군
지킬 박사는 내일 계획표를 짜 놓고 잠자리에 들었어

그런데 오늘 아침,
(정확히 말하면 이미 점심때야)
눈을 뜬 건 하이드 씨
하이드 씨는 지킬 박사가 짜 놓은 계획표를
지킬 생각이 없어 지킬 수 없었지
오늘의 하이드는 지킬이 아니야
어제의 지킬은 하이드가 아닌 것처럼
계획표는 지킬 박사님이 지키시든지요
하이드 씨는 오늘 하루를 그냥 하던 대로 보냈어

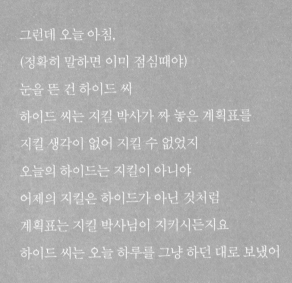

밤 열두 시가 되었어
오늘 뭐 했지?
그 생각이 찾아온 거야, 불쑥
순간, 하이드 씨는 지킬 박사로 변했어
방학이라고 너무 나태해지니 안 되겠어
게으름은 딱 오늘까지었다고
내일은 꼭 지킬 거야, 완벽한 하루를

내일 아침에
누가 눈을 뜨게 될까?

『동시마중』 2024년 9·10월호

광명상회

아들 이름으로
간판을 달았습니다.
─네가 우리 집 간판이야.

그 아들이 커서
아들딸을 낳았습니다.
─아빠가 우리 집 간판이에요.

그 아들딸이 결혼해서
또 아들딸을 낳았습니다.
─할아버지가 우리 집 간판이에요.
  태풍이 불어도 끄떡없어요.

광명상회는
몇 대까지 갈 수 있을까요?

저녁이 오면
가장 먼저 골목을 밝힙니다.
매미와 거미와 하루살이가
문안 인사를 올립니다.

『동시발전소』 2024년 봄호

시계

임수현

할아버지 손목시계
서랍 속에서
혼자
똑딱똑딱
가고 있었어요

캄캄한 들판을 지나 바다 건너
뭉게구름 손 흔드는 언덕 너머

숨이 차고 다리가 아팠지만
조금만 더 가면
닿을 것 같아

시계는 똑 딱 똑 딱
걸음을 떼고 떼었어요

시계는
할머니가 잠든 방 문 앞
털썩 쓰러져
잠들고 말았어요

할머니를 만나기 위해
할아버지 꿈속으로
계속 걸어갔어요

『동시마중』 2024년 5·6월호

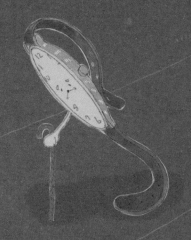

삼각뿔 속의 잠

임희진

삼각뿔 안에 찰랑찰랑 담긴 잠이
뾰족한 쪽을 아래로 두고
서서 자요

자기 전에 먼저
책상을 정리하고, 서랍을 꼭 닫고,
소리 나는 시계를 방에서 추방하고,
창문을 꼭 잠그고, 커튼을 치고, 이불도 반듯이 펴고,
불을 끄고, 안대까지 하고
눈을 감아요

그래도 밤사이 몇 번이나
잠이 눈을 뜨는지 몰라요

얼음!
책상도, 서랍도, 창문도, 커튼도, 이불도, 전등도, 안대도
그대로 멈춰요
모든 감각에 날을 세워
흐트러진 게 없나,
살펴봐요

삼각뿔의 뾰족한 쪽을
푹신한 쿠션들로 잘 받쳐 둬야 해요
엎어지면, 잠이
깨지거든요

『블랙』제60호(2024. 1. 21.)

급한 양반

장동이

　고양이가 살금살금 오더니 금방 마당에 들어온 택배 차 밑으로 들어가요. 몸을 쭈욱 늘여서 누워요. 하품도 함께 길게 쭈욱 늘어나요.

　아이고 이 더위에, 여기 좀 기서 봐. 뭐라도 좀 자시고 가.

　냉수 한 잔을 단숨에 벌컥벌컥 마신 아저씨가 왈칵 차에 올라요. 왔던 길로 도로 냅다 도망치는 고양이 대신 할매가 투덜투덜거려요.

　무신 떼돈을 그리 번다꼬. 성질 하나 디기 급한 양반이네.

엄마 없는 브래지어

전수완

엄마는 우주로
떠났고

나는 브래지어를 할
나이가 되었다

아빠한테 말했더니
고모와 사러 가라고 했다

나는 친구와 사러 간다고 하고는
혼자 속옷 가게 앞까지 왔다

엄마가 우주로 간 것과
브래지어를 당당히 못 사는 것은

다른 거다
다른 거라고,

숨 고르기를 하고 나서
나한테 말했다
아니, 세상에 대고
외쳤다

"엄마가 우주로 간 것과
브래지어를 당당히 못 사는 것은
다른 거야."

『동시마중』2024년 9·10월호

할머니가 할머니의 엄마 이야기를 들려주시면

정유경

할머니가 들려주시는 할머니의
엄마 이야기,
그러니까 나, 이은솔의
증조할머니 이야기를 듣고 있노라면

일제 강점기에 셋째 딸로 태어나
혼자 몰래 글을 깨친 이야기며,
열일곱에 시집와
가난한 집안의 새애기가 되어
가난은 해도 인물 좋고 똑똑한 남편이
마음에 들었더라는 이야기며,
시집올 때 어머니가 쥐여 준 돈이며 예물을 털어
빚을 갚아 남편의 머슴살이를 막고
남은 돈으론 농사지을 땅을 좀 구해
집안의 기반을 세웠다는 이야기며,
듣기 좋은 목소리로 이야기책을 하도 잘 읽어
달 밝은 밤이면 마을 사람들이 그 소리 들으러

퍽도 많이 모여들었다는 이야기며,

시부모님 사랑 받고 남편 사랑도 받고

'신가는 장가 잘 갔다'는 마을 사람 칭찬도

자자하게 들었더라는 이야기며,

딸 셋에 아들도 하나 낳아

아쉬울 게 하나도 없었더라는 이야기며,

해방도 되어 그때가

생각하면 제일 좋았더라는 이야기며,

그렇게 계속 살았더라면

얼마나 좋았을 거냐는 이야기며,

그러다 그만 전쟁이 터지고

어느 추운 겨울 하늘도 무심하시게

마을을 지키던 남편이 세상을 떠나게 된 이야기며,

만삭의 몸으로 애들을 데리고

친정 마을로 몸을 피했다 돌아오니

마을 사람들이 남편의 장례를 치르고 있었더라는 이야기며,

그렇게 나이 겨우 스물여섯에

아이 다섯 과부가 되었더라는 이야기며,

어이없어 아무 말도 나오지 않았더라는 이야기며,

얼마나 막막하고 기가 막혔을 거냐는 이야기며,

그러고 나서 닷새 뒤에

막내 아기를 낳았다는 이야기며,

허물어진 초가집에서 아기를 낳고는

줄 것이 없어

'복 주시오' '복 주시오'

아기를 안고 끝도 없이 빌었더라는 이야기며,

그때 태어난 아기가 바로 지금

이야기를 전하는 바로 내 할머니라는 이야기며,

그 이후로 끝없이 고생고생

안 해 본 고생이 없었더라는 이야기며,

그런데 신기하게도 할머니의 엄마가 해 주신 밥은

별게 안 들어가도 그렇게도 맛이 좋았다는 이야기며,

우리 아빠 태어나기도 한참 전에 하늘나라로 가셨지만

우리 생각 많이 하고 계실 거라는 이야기며,

내 눈매와 볼록한 이마가 할머니의 엄마,

그러니까 나의 증조할머니를 닮았다는 이야기를 듣고 있
노라면,

할머니 두 손을 슥 잡게 되지요.

다정하게,

다정하게,
엄마가 아기 손을 잡듯이.

『동시마중』 2024년 1·2월호

절받는 모자

정준호

모자가 머리 위에 있지 않을 때는
모자가 참 슬프다
모자가 지하철역 계단 올라가는 길 땅바닥에 있다
모자가 훌렁, 뒤집어져 있다
모자 속에는 가끔 동전도 조금 들어 있다
비어 있을 때가 더 많은 그 모자 뒤에는
모자에게 엎드려 절을 하는 머리가 있다
고개 한 번 들지 않고 텅 빈 정수리만 내놓고
눈바람을 정통으로 맞는 머리가 있다
절받는 모자 속으로 눈송이들이
후드득, 떨어지고 있다
다리, 다리들은 멈추지 않고
모자와 머리 바로 근처를 스치듯 지나가고 있다
모자는 이제 절 그만 받고
휑한 머리를 얼른 덮어 주고 싶은 것 같다
모자가 머리 위에 있지 않을 때는
모자가 참 춥다

웹진 『동시빵가게』 2024년 2월호

안녕하세요?

정희지

우리 동네 팔공이 버스 기사님은 사실은
육칠일육 오이삼사 구공육 팔삼이 일오칠오
길을 지나가는 모든 버스 기사님과
인사하고 싶지만
꾹 참고
건너편에 자기랑 같은 번호
팔공이 버스가 지나갈 때만 인사를 해

우리 동네 팔공이 버스 기사님은 사실은
트럭 승용차 택시 소방차 오토바이 봉고차
길을 지나가는 모든 자동차 운전사와
인사하고 싶지만
꾹 참고
건너편에 자기랑 같은 번호
팔공이 버스가 지나갈 때만 인사를 해

우리 동네 팔공이 버스 기사님은 사실은

버스 탄 사람 내린 사람 말고도
봉산역 오 번 출구에서 과일 파는 아저씨
은행나무 그늘 아래 환경미화원
벤치에 앉아 쉬는 노란 모자 할머니
파마머리 녹색 조끼 아줌마 갈매초등학교 앞
횡단보도로 쏟아져 나오는 키 작은 어린이들
길을 지나가는 길을 지나갈
우리들 모두와 인사하고 싶지만
꾹 참고
자기랑 같은 팔공이 버스
기사님에게만 인사를 해

저 멀리 파란
팔공이 버스가 보이면 난
괜히 한번 손을 흔들어
기사님도 손을 흔들어

『창비어린이』 2023년 겨울호

할머니와 TV

조인정

"어젯밤에는 아이슬란드 오로라 여행을 다녀왔지. 오늘 아침에는 영어 공부를 좀 하고 의사 선생님을 만나 어깨 체조를 배웠지. 토요일 오전에는 요리를 배우고 저녁에는 노래를 불러야 해. 일요일 밤에는 축구도 하고!"

커다란 집에 혼자 사는 할머니는 무섭지도 않고 심심하지도 않아요. 할머니는 전화할 때마다 바빴어요. 신나게 웃고 있을 때도 많았지요. 할머니는 TV를 좋아했거든요. TV는 할머니의 가장 친한 친구예요. 아주 오래된.

오늘도 할머니는 토마토와 상추를 키우고, 계단 청소를 하고, 전화를 걸어 온 사람들과 이야기를 했어요. 저물어 가는 노을을 바라보다가 밤이 되면 다시 TV를 켜요. 젊은 날의 고향 마을과 그리운 얼굴들을 떠올려 보다가 며칠 동안 꺼지지 않는 산불을 걱정하다가. TV를 끄고 잠이 들었죠. 좋아하는 드라마의 뒷이야기가 궁금한 내일을 기대하면서.

앞으로의 어느 날, 할머니는 아이슬란드의 오로라를 보러
갈 거예요. 진짜 오로라를요.

『동시마중』2024년 5·6월호

요술 지팡이

최문영

이모의 어릴 적 소원은 달력에서 봤던
하얗고 예쁜 이층집을 갖는 것이었대

어느 날 이모는
길을 걷다가 나뭇가지를 보았는데
꼭 요술 지팡이 같았대
아니 요술 지팡이였대

그런데 요술 지팡이를
뱅그르르 돌리며
주문을 외우고 또 외워도
예쁜 이층집은 생기지 않았대

이 요술 지팡이도 가짜구나
진짜 요술 지팡이를 꼭 찾을 거야
이모는 절대 실망하지 않았대

이모가 진짜 요술 지팡이를 찾았느냐고?

글쎄…… 내가 아는 건
지금도 이모는 나랑 걸을 때
가끔 나무 막대기를 줍는다는 거야

그러곤 길에 나와 있는
왕지렁이를 막대기 위에 살포시 얹어서
요술처럼 풀숲으로 옮겨 주곤 해

한 번도 떨어뜨리지 않고 말이야

『동시마중』2024년 1·2월호

호박 일기

최인혜

애기호박 열릴 때마다

똑똑 따다
노릇노릇 부쳐 먹고
달달달 볶아 먹고
부글부글 끓여 먹고
자글자글 지져 먹고
냠냠 잘도 먹었으니

노랗게 익은 호박 한 덩이는 남겨 두자.

겨울 내내
씨앗 품고 있다가

새봄에 아기 모종 낳을 수 있게
제 몸 녹여 먹이면서
호박이 호박을 키워 볼 수 있게
호박도 엄마 품에서 살아 볼 수 있게

잘 익은 호박 한 덩이
울타리 아래 그냥 두자.

『블랙』제89호(2024. 8. 11.)

밤

할머니가 작은 밤칼로
갈색 밤 속껍질을 깎아 보얘진 밤을
물이 담긴 대야에 퐁당퐁당 빠트린다

슥슥슥
삭
스윽

아홉 번 획을 그어야 밤, 한 단어 적을 수 있는데
할머니는 다섯 번 만에 밤의 색을 벗긴다

한 망을 다 까면 내일 마트에 가자고
두 망을 다 까면 중국집에 가자고

늦은 밤이 될 때까지
대야 가득 흰 밤이 웅성거릴 때까지
할머니 손은 멈추지 않는다

나는 받아쓰기하던 연필을 내려놓고서
귀가 가렵다고
할머니 무릎을 베고 누우면

귀에선
삶은 밤을 반으로 갈라
작은 수저로 긁어 먹고 난 다음에도
계속해서 벗겨지는 밤의 얇은 부스러기가
푸슬푸슬 흘러나왔다

내 귀 안쪽엔
할머니가 밤새 깐 밤들이 한가득 있어서
나는 자주 그 무릎에 누워 내 귀를 맡겼다

『동시마중』 2024년 3·4월호

기차 발자국

함민복

기차야 너는
달리는 길이 너무 딱딱해
발자국이 없구나

아냐 우린 달리는 소리가
기적*이 발자국이야
우리 발자국은 사람들 귓바퀴에 찍히지

* 기차나 배 등이 신호를 위해 내는 소리.

웹진 『동시빵가게』 2024년 2월호

나팔꽃의 자백

홍재현

새벽마다
나팔을 분 건 사실입니다.

그저 토마토가 빠알갛게 잘 익어서
신이 좀 났었습니다.

땅속 고구마가 잘 커 간다는 소식이 왔길래
기쁘게 알렸습니다.

미안합니다.
고라니 녀석이 온 동네 친구들을 다 끌고 올 줄은
꿈에도 몰랐습니다.

고라니가 오면 나팔을 불라고 나를 심으신 줄
정말 몰랐습니다.

한숨 쉬는 할아버지를 보며
자꾸자꾸 눈치 없이 뿌뿌
나팔만 불어서 미안합니다.

『아동문학평론』2023년 겨울호

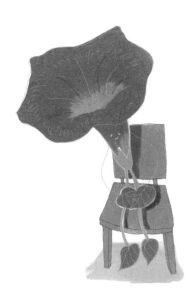

어느 비 갠 오후

아프리카만큼 커다래지고 싶은 파프리카와

보더콜리처럼 들판을 뛰어 달리고 싶은 브로콜리가

채소 가게 앞 작은 빗물 웅덩이를 바라보며

웅덩이의 엉덩이는 어디쯤일까 생각합니다

상추, 배추 추추추 물기 털어 내는데

자기한테 물방울 튀었다고 시금치가 치칫거리는 그때,

풍뎅이처럼 반짝이는 날개를 가진 돌멩이가

윙윙 붕붕 웅덩이를 날아서 건너갑니다

『동시 먹는 달팽이』 2024년 봄호

동시 생태계의 변화를 이끄는 목소리들

유강희(시인)

해가 거듭될수록 우리 동시의 성장을 실감하게 된다. 이렇게 말할 수 있는 건 올해도 어김없이 '올해의 좋은 동시'를 선정하는 과정의 지난함 때문이다. 물론 긍정적인 점에서 그러하며, 즐거운 고통의 시간이었음도 고백한다. 비단 나뿐만 아닌 함께 참여한 네 분의 선정 위원도 비슷한 고충을 토로했다. 동시를 발표하는 매체의 꾸준한 양적 확대와 이를 통한 창작자의 유입이 질적 수준의 동반 상승으로 이어지지 않았을까. 거기에다 2010년 이후 누적된 우리 동시의 역량도 크게 한몫했음은 당연한 일이겠다.

최근의 한강 노벨 문학상 수상 소식은 우리 동시계에도 좋은 영향을 끼치리라 기대한다. 어린이 문학이 창대해야 성인 문학이 융숭 깊어지는 건 순리다. 더구나 전 세대가 잠재적 독자층인 동시야말로 그 위상은 앞으로 더욱 높아지리라. 하지만 동시 생태계를 둘러싼 현실은 녹록하지만은 않다. AI와 챗GPT의 기대와 우려 속에서 동심의 언어적 구현인 동시는 언제나 현실의 벽 안에서 '새로움의 각'을 세워야 하는 태생적 운명을 안고 있다. 어릴 적 불렀던 전래 동요의 한 구절인 "헌물 줄게, 새물 다오." 는 이러한 동시의 운명을 명료하게 보여 주는 아포리즘이다.

새물은 헌물이 되고 헌물은 다시 새물이 되는 이 순환적 고리가 지속적으로 이어져야만 우리 동시 생태계는 그 건강성을 유지할 수 있을 것이다. 그러기 위해선 동심을 바라보는 시각의 참신함이 우선 요구된다. 동심의 순수한 상태 즉, 동심의 들림 상태가 되려면 몸과 마음의 어떤 지극한 상태가 되어야만 한다. 그렇지 않고는 물리적으로 아이가 아닌 어른은 그 한계성을 극복하기 어렵다. 동심의 구현 없이 동시 창작은 원천적으로 봉쇄당하고 문자 그대로 어불성설이 되기 때문이다.

그 점을 비유적으로 잘 보여 준 작품이 있다. 『올해의 좋은 동시 2023』에 수록되어 있는 곽해룡의 「천국에 오신 할머니」다.

할머니가 바늘귀에 실을 끼우신다
할머니가 바늘귀에 실을 끼우실 때 보면
할머니가 마치

바늘귀에 들어가는 것만 같다

낙타도 훌쩍 드나들 것 같은 바늘귀에

할머니

가자미처럼 한쪽으로 쏠린 눈으로

입도 비틀고

몸도 비틀며

부자처럼 쩔쩔매시다가 드디어

바늘귀를 통과하셨다

눈도 입도 다시 반듯하게 펴진 할머니

드디어 천국에 오셨다

　편의상 동심을 '바늘귀'라 하고 언어를 '실'이라고 해 보자. 언어가 아무리 금빛 찬란해도 동심이라는 바늘귀를 통과하지 못하면 말 그대로 동시가 되지 못한다. 그러니 그 수고와 힘듦을 어찌 다 말로 표현할 수 있겠는가. 차라리 낙타가 바늘귀를 통과하는 게 더 쉬울 것이다. 하물며 할머니조차-늙으면 아이가 된다는 말을 떠올려도 좋다- 이 바늘귀를 통과하기 위해선 온몸을 비틀어야 하는 수고를 아끼지 않아야만(않을 때만) 간신히 통과할 수 있는 것이다. 때문에 바늘귀를 통과했을 때의 기쁨은 천국에 비견된다. 알다시피 이 작품은 성경의 "어린아이와 같이 되지 않으면 결코 천국에 들어가지 못할 것이다."(마태복음 18장 3절), "부자가 천국 가기는 낙타가 바늘구멍 통과하기보다 어렵다."(마태복음 19장 24절)의 절묘한 인유다. 제목이 '천국에 가신'이 아니고 '천국에 오신' 할머니인 점도 눈여겨볼 대목이다. 물론 이 시를 꼭 이렇게 해석할 필요는 없다. 그럼에도 동심에 이르는 과정의 지난함을 이 작품에서 발견하는 건 그만큼 동시에서 본질적 문제는 동심이고 결국 동심이 문제이기 때문이다.

약 100년 전에 쓴 김소월의 시 「엄마야 누나야」는 근원적 염원으로서 동심의 지향이 잘 드러나 있다. 지금처럼 '강변'이 시쳇말로 '뷰가 좋은 곳'으로서의 강변이 아닌 당대 삶(현실)의 절실한 요구로서의 현장임을 강변하고 있기에 '저항의 동심'으로서 이 시를 읽게 된다. 이번에 선정된 동시들 중 이와 맥을 같이하는 작품들에 특히 주목하는 건, 우리 동시 생태계의 변화를 이끄는 두드러진 목소리 중 하나이기 때문이다.

> 기차야 너는
> 달리는 길이 너무 딱딱해
> 발자국이 없구나
>
> 아냐 우린 달리는 소리가

기적이 발자국이야

우리 발자국은 사람들 귓바퀴에 찍히지

                                    —함민복, 「기차 발자국」 전문

이 시는 우리의 일반적 인식을 뒤집는 방식으로 저항한다. 개별적 존재의, 의미의 의미를 묻는 동시에 그것의 해석 여부에 따라 존재가 규정된다는 우리의 익숙한 관성의 거부를 은연중 내포하고 있다. 형식은 낯익은데 내용의 양상은 기존의 틀을 벗어나고 있다. 안도현의 똥동시 시리즈의 작품 중 하나인 「산양 새끼 똥」과 함께 「분홍돌고래」(송찬호), 「코점이」(이안), 「벌레 먹인 잎에게」(안학수), 「어쩌다 얼음」(김용성) 등은 이런 관점에서 읽어도 되지 않을까.

시장엔 옷이 많지요.

옷 만드는 공장 하나 없는 나라에

산더미처럼 쌓여 있지요.

세상에서 가장 많지요.

그곳에서는

소들도 풀 대신 옷을 먹지요.

옷을 먹고

흰 소는 검은 소가 되고

검은 소는 누렁소가 되고

누렁소는 얼룩소가 되지만 결국

모두 죽지요.

줄을 서서 옷을 배급받아요.

혹, 어떤 옷은

유리 조각에 베인 발바닥과 바꾸기도 하지요.

epl, nice, addidas······.

아이들은 맨발로 가서

지구를

검은 봉투에 마구 담지요.

—경종호, 「칸타만토 시장」 전문

    '칸타만토'는 아프리카의 가나에 있는 헌 옷 시장으로, 선진국에서 버려진 헌 옷들을 판다. 이 동시는 그 헌 옷 시장의 풍경을 통해 오늘날 세계가 안고 있는 풍요 속 빈곤을 보여 준다. "아이들은 맨발로 가서" 옷을 받으며 상처를 입는다. 상처는 몸과 마음에 짙은 그늘을 드리운다. 사람뿐만 아니라 가축에게도 풍요의 값싼 대가는 치명적일 수밖에 없다. "흰 소는 검은 소가 되고/ 검은 소는 누렁소가 되고/ 누렁소는 얼룩소가" 되어 결국 죽기 때문이다. 그래서 아이들은 헌 옷이 아닌 죽은 지구를 검은 봉투에 담게 된다. 이 작품은 그렇게 얄팍한 자본의 풍요를 직시하면서 오늘의 무비판적 욕망의 무한 질주에 제동을 거는 방식으로 저항한다.

「오백 원」(김봄희)은 미군 트럭에 치인 아이의 죽음을 통해 평화로 위장한 자본의 어두운 이면을 드러낸다. 이에 반해 세월호의 아픔을 상기, 소환하는 「바닷가에 앉아서 우리는」(안성은)은 우리 내부의 자성을 촉구하는 진혼곡으로 읽힌다. 이들 시는 현실에 대한 우리의 무감각한 일상을 일깨운다.

거인이 쓰러지길 바랐다

거인이 무슨 착한 일을 했는지
무슨 나쁜 짓을 했는지
중요하지 않았다

거인이 누구를 사랑하는지

무엇을 소중히 여기는지

알고 싶지 않았다

어떤 꽃을 기르고

어떤 동물에게 먹이를 주는지

알 필요가 없었다

거인의 눈을 본 적 없으면서

거인의 목소리를 들은 적 없으면서

거인이 쓰러지길 원했다

산더미같이 많은 돌을 맞고

마침내 거인이 쓰러졌을 때

고개를 돌려 언덕 너머를 보았다

이마에 붙은 구름을 털며

새로운 거인이 나타나길 기다렸다

                                           -김개미, 「거인이 쓰러졌다」 전문

단도직입적 전개가 돋보이는 이 시는 어린이의 잘 드러나지 않는 심리적 특성을 보여 준다. 거인의 구체적 성격은 관심의 대상이 아니다. 오로지 거인이 쓰러지길 바라고 거인이 쓰러지길 원할 뿐이다. 그 거인이 어쨌든 쓰러졌고 그러자 다시 새로운 거인이 나타나길 기다린다. "이마에 붙은 구름을 털며"를 통해 알 수 있듯이 이 거인은 마음속 혹은 상상 속의 어떤 커다란(두려운) 덩어리임이 분명하다. 이 덩어리의 정체는 모호한 어떤 힘센 것임엔 틀림없는 것 같다.

송현섭의 동시 역시 크게 보면 김개미의 동시와 비슷한 면이 있다. 일반적으로 어린이에게 부정되고 금기시되는 불안과 공포를 적극적 호기심의 대상으로 삼는다는 점에서 그러하다. 김개미의 동시가 아이의 개별적 불안의 특성에 주목하고 이를 환상의 영역으로 이끈다면, 송현섭은 어린 시절의 내적 상처(트라우마)에서 출발, 현실에 대한 방어와 응전의 방식으로 나아간다는 점에서 다른 양상을 보여 준다. 「돼지들의 나라」에서 보듯 현실에 대한 강한 부정과 과감한 비유는 팽팽한 시적 긴장감으로 나타난다.

질감은 다르지만 어린이의 불안 심리와 무의식에 주목한다는 점에서 「삼각뿔 속의 잠」(임희진), 「시계」(임수현) 등도 눈여겨 볼 만하다.

중국집 구석에서 할머니와 손자가 짜장면 한 그릇 놓고 다
정하게 나눠 먹는다

야야,
니는 왜 짜장면에 단무지를 묵는 줄 아냐?

짜장면이 시커멓제? 그제?
캄캄한 짜장면이 목구녕에 넘어가면 어찌겠냐?
캄캄한께 길을 잃어뿔겄제, 잉?
그것이 바로 체하는 것이여
체하면 숨이 아주 꼴깍 넘어가 뿐다
오매, 다시는 할매 얼굴 못 본단 말이다

근디, 잘 봐라
이 단무지가 뭣같이 생겼냐?
잉, 달같이 생겼제?

긍께 단무지를 요로코롬 먹으면
달이 목구녕을 훤하게 밝혀 주지 않겄냐?
짜장면이 체하지 말고 쑤욱 내려가라고 말이여

긍께

짜장면 먹을 때는 꼭 단무지도 먹어야 쓴다, 잉?

그래야 니 숨도 할매 숨도 암시랑토 안 헐 거시어

사는 길이 캄캄하지 않고 훤할 거시란 말이어

할매 말 알겠제?

—문신, 「짜장면과 달」 전문

　이 동시에서 단연 눈길을 끄는 건 전통적 의미의 이야기꾼이 갖추어야 할 입심의 발견이다. 이 입심의 바탕을 이루는 의뭉과 익살(넉살), 해학 등이 "숨이 아주 꼴깍 넘어가"게 독자의 마음을 졸인다. 이 작품 속 '아이'와 '할매'의 등장은 바로 농촌 공동체 사회에서의 옛이야기 전승 방식의 한 장면을 재현한 듯하다. 할매의 손자 사랑의 방식이 위계적(억압적)이지 않고 아이가 이해하기 쉽도록 조목조목 이치와 사리를 밝혀 이끄는 점이 익숙하면서 새롭다.

　이러한 전통적 진술 방식을 오늘의 동시 문법에 적극적으로 접목한다면 개성적 시 세계를 확보하는 활로가 될 수도 있겠다. 이번 선집에 실린 작품 중 각기 구성 방식은 다르지만, 「급한 양반」(장동이), 「고양이를 그리지 않고 고양이 그리기」(이만교), 「절받는 모자」(정준호), 「광명상회」(이정록), 「안녕하세요?」(정희지) 등에서 입심의 동시적 내면화를 엿볼 수 있었다.

> 쪼그리고 앉아
> 지구 귓속을 들여다본다
>
> 개미들이
> 지구 귀지를 물고 나와
> 지구 밖에다 내다 버린다
> 끝도 없이 버린다
>
> 지구 귓속이
> 뻥~
> 뚫렸다!

─김용우, 「개미굴」 전문

　이 동시를 읽고 나면 마치 내 귓속도 뻥 뚫리는 듯한 착각에 사로잡힌다. 그것은 시적 주체가 쪼그려 앉은 아이의 시선을 따라가는(포개어지는) 구도에서 오는 효과일 것이다. 그와 함께 환경오염에 의한 지구의 생태적 위기감이 자동 반응처럼 뒤따른다. 귓속이 뻥 뚫려야 지구는 좀 더 다양한 목소리에 귀 기울

일 수 있고 그럼으로써 지구 생명체는 조화와 균형을 유지하게 될 것이다. 그러기 위해선 (개미들이 점점 지구상에서 사라지고 있는 지금) 개미들의 건강한 생명 활동이 끊이지 않고 이어져야 한다. 그런데 문득 이런 걱정도 든다. 귀지를 다 지구 밖에 버리면 지구 밖은 어떻게 될까?

이러한 자연 생태적 상상력은 어린이의 천진무구와 잘 통하기 마련이다. 「소나기 온다더니 안 오네」(김성은), 「경고」(김태은), 「개구리닷컴」(문봄) 등은, 오늘날 지구가 당면한 환경 위협의 큰 틀에서 해석될 수 있는 작품으로 보인다.

올해 우리 동시 생태계를 한마디로 요약하는 건 어렵다. 또한 시는 여러 복합적 관계망 속에서 생산되는 예술로서 어느 범주에 딱 가둘 수 있는 것도 아니다. 그럼에도 한 해 동안 제출된 적지 않은 작품에서 우리 동시의 내일을 이끄는 다양한 목소리의 제구력을 발견하게 된 점은 큰 수확이다. "위험한 데서/ 내 꽃은 더 예뻐진다네"처럼(성명진, 「담장 위」) 그 바탕엔 저항의 동심이 작동되고 있음도 확인할 수 있었다. 결국 시는 꽉 찬 여백이고 시끄러운 침묵이다. 이러한 동력이 한데 모이고 모여 우리 동시 생태계는 한층 더 건강한 생명의 마당으로 거듭나게 되리라.

수록 시인 소개

강기원 kangskiwon@naver.com
1997년『작가세계』신인문학상을 받으며 등단했다. 동시집『토마토 개구리』
『지느러미 달린 책』『눈치 보는 넙치』『우리 여우 꿈을 꾼 거니?』, 시집『고양
이 힘줄로 만든 하프』『바다로 가득 찬 책』『은하가 은하를 관통하는 밤』『지
중해의 피』『다만 보라를 듣다』, 시화집『내 안의 붉은 사막』, 시선집『그곳에
서 만나, 눈부시게 캄캄한 정오에』등을 냈다.

강정희 wjdgml3796@naver.com
2024년『블랙』제78호에 동시를 발표하며 등단했다.

강지인 self88@hanmail.net
2004년『아동문예』신인상(동시 부문)을 받으며 등단했다. 동시집『할머니
무릎 펴지는 날』『잠꼬대하는 축구장』『상상도 못 했을 거야!』『수상한 북어』
『달리는 구구단』을 냈다.

경종호 qlswlq0805@hanmail.net
2005년 전북일보 신춘문예에 시가 당선되고, 2014년『동시마중』제26호에
동시가 추천되어 등단했다. 동시집『천재 시인의 한글 연구』『탈무드 동시 컬
러링북』, 시집『그늘을 새긴다는 것』을 냈다.

권기덕 kwkidu@hanmail.net
2009년『서정시학』에 시가 당선되고, 2017년『창비어린이』신인문학상(동시
부문)을 받으며 등단했다. 동시집『내가 만약 라면이라면』, 시집『P』『스프링

스프링』을 냈다.

권영상 omanakys@hanmail.net
1979년 강원일보 신춘문예에 동시가 당선되어 등단했다. 동시집『구방아, 목
욕 가자』『잘 커다오, 꽝꽝나무야』『엄마와 털실 뭉치』『아, 너였구나!』『나만
몰랐네』『도깨비가 없다고?』『고양이와 나무』『동시 백화점』등을 냈다.

김개미 anypoem@hanmail.net
2005년『시와 반시』에 시를, 2010년『창비어린이』에 동시를 발표하며 등단했
다. 동시집『어이없는 놈』『쉬는 시간에 똥 싸기 싫어』『드라큘라의 시』『선생
님도 졸지 모른다』등을 냈다.

김륭 kluung@hanmail.net
2007년 강원일보 신춘문예에 동시가, 문화일보 신춘문예에 시가 당선되어
등단했다. 동시집『프라이팬을 타고 가는 도둑고양이』『삐뽀삐뽀 눈물이 달
려온다』『별에 다녀오겠습니다』『엄마의 법칙』『첫사랑은 선생님도 일 학년』
『앵무새 시집』『내 마음을 구경함』『햇볕 11페이지』, 이야기 동시집『달에서
온 아이 엄동수』, 시집『살구나무에 살구비누 열리고』『원숭이의 원숭이』『애
인에게 줬다가 뺏은 시』『나의 머랭 선생님』, 청소년시집『사랑이 으르렁』, 동
시 평론집『고양이 수염에 붙은 시는 먹지 마세요』를 냈다.

김물 ahbp1@hanmail.net
2016년『어린이와 문학』에 동시가 추천되고, 2018년『창비어린이』신인문학
상(동시 부문)을 받으며 등단했다. 동시집『오늘 수집가』를 냈다.

김봄희 kbomhe@hanmail.net

2017년 『동시마중』 제41호에 동시가 추천되어 등단했다. 동시집 『세상에서 가장 큰 우산을 써 본 날』을 냈다.

김성민 gwangin@naver.com

2012년 『창비어린이』 신인문학상(동시 부문)을 받으며 등단했다. 동시집 『브이를 찾습니다』 『고향에 계신 낙타께』, 그림책 『괄호 열고 괄호 닫고』 등을 냈다.

김성은 kse873500@gmail.com

2021년 『동시마중』 제65호에 동시가 추천되어 등단했다. 동시집 『나의 작은 거인에게』(공저)를 냈고, 그림책 『마음이 퐁퐁퐁』 『우리 가족 말 사전』 『그때, 나무 속에서는』 등을 냈다.

김용성 ahakant@hanmail.net

2014년 『문학바탕』 신인상(시 부문)을 받으며 등단했다. 동인 동시집 『쉬, 비밀이야』(공저), 시집 『나는 물이다』, 동인 시집 『시와 에세이』(공저)를 냈다.

김용우 greensos@naver.com

2018년 『동시마중』 제49호에 동시가 추천되어 등단했다. 동시집 『초록별에 놀러 온 고양이』, 수필집 『청개구리 선생님』을 냈다.

김은오 zzindigim@hanmail.net

2015년 『어린이와 문학』에 동시가 추천되어 등단했다.

김준현 kjh165@hanmail.net
2013년 서울신문 신춘문예에 시가 당선되고, 2015년『창비어린이』신인문학상(동시 부문), 2020년 현대시 신인추천작품상(평론 부문)을 받으며 등단했다. 동시집『토마토 기준』『나는 법』, 청소년시집『세상이 연해질 때까지 비가 왔으면 좋겠어』, 시집『자막과 입을 맞추는 영혼』『흰 글씨로 쓰는 것』을 냈다.

김태은 tan1020@naver.com
2023년『동화향기 동시향기』아침신인문학상(동화 부문)을 받으며 등단했다. 동시집『쓱싹! 바꿔 쓰는 놀이 동시』동화『최고의 마니또』청소년소설『코코의 마음 영화관』『냉동 참치』『신호등 할머니와 풍선껌』을 냈다.

김현서 eehem@hanmail.net
1996년『현대시사상』에 시를 발표하고, 2007년 한국일보 신춘문예에 동시가 당선되어 등단했다. 동시집『수탉 몬다의 여행』『짜! 짜!』, 청소년시집『탐정동아리 사건일지』『숨겨 둔 말』, 시집『코르셋을 입은 거울』『나는 커서』를 냈다.

김현욱 77minst@hanmail.net
2007년 진주신문 가을문예에 시가, 2010년 매일신문 신춘문예에 동시가 당선되어 등단했다. 동시집『지각 중계석』『새우깡 먹으며 동시집 읽기』, 동화집『박 중령을 지켜라』, 시집『보이저 씨』, 산문집『교실에는 시가 필요해요』등을 냈다.

남호섭 sanmaru62@daum.net
1992년『민음동화』에 동시를 발표하며 등단했다. 동시집『타임캡슐 속의 필

통』『놀아요 선생님』『별에 쏘였다』, 청소년시집『이제 호랑이가 온다』를 냈다.

문봄 yjmoonshot@hanmail.net
2017년『어린이와 문학』에 동시를 발표하고, 2022년『창비어린이』신인문학상(동시 부문)을 받으며 등단했다. 동시집『폰드로메다 별에서 오는 텔레파시』를 냈다.

문성해 chaein00@hanmail.net
1998년 매일신문 신춘문예와 2003년 경향신문 신춘문예에 시가 당선되어 등단했다. 동시집『오 분만!』『달걀귀신』『이불에게도 이불이 필요해』, 시집『자라』『아주 친근한 소용돌이』『입술을 건너간 이름』『밥이나 한번 먹자고 할 때』『내가 모르는 한 사람』, 그림책『국수 먹는 날』을 냈다.

문신 mulbuk1@gmail.com
2004년 세계일보 신춘문예에 시가, 2015년 조선일보 신춘문예에 동시가 당선되어 등단했다. 동시집『바람이 눈을 빛내고 있었어』, 시집『물가죽 북』『곁을 주는 일』『죄를 짓고 싶은 저녁』등을 냈다.

박경임 pki05216@hanmail.net
2017년 한국일보 신춘문예에 동시가 당선되어 등단했다. 동시집『엄마를 주문하세요』를 냈다.

박정완 soonywany@naver.com
2020년『창비어린이』신인문학상(동시 부문)을 받으며 등단했다. 동시집『고양이 약제사』, 그림책『아기 쥐가 잠자러 가요』『숲속 약국놀이』『위대한 따라

쟁이』등을 냈다.

방주현 bangnang92@gmail.com
2016년『동시마중』제38호에 동시가 추천되어 등단했다. 동시집『내가 왔다』
『나의 작은 거인에게』(공저), 동시 필사책『이토록 사랑스러운 동시, 동시 따
라 쓰기』를 냈다.

방지민 jimin1137@naver.com
2022년『동시마중』제73호에 동시가 추천되어 등단했다. 동시집『나의 작은
거인에게』(공저)를 냈다.

서재환 sjh434343@naver.com
1988년 동아일보 신춘문예(시조 부문), 1997년 동아일보 신춘문예(동시 부
문)에 당선되어 등단했다. 동시집『만약에 말이야』, 동시조집『산이 옹알옹
알』등을 냈다.

성명진 andsmj@hanmail.net
1990년 전남일보 신춘문예에 시가 당선되고, 1993년『현대문학』에 시가 추
천되어 등단했다. 동시집『축구부에 들고 싶다』『걱정 없다 상우』『오늘은 다
잘했다』, 시집『그 순간』『몰래 환했다』를 냈다.

손동연 son-5050@hanmail.net
1975년 전남일보 신춘문예에 동시, 1980년 서울신문 신춘문예에 시, 1983년
동아일보 신춘문예에 시조가 당선되어 등단했다. 동시집『그림엽서』『뻐꾹
리의 아이들 1~6』『참 좋은 짝』『날마다 생일』, 시집『진달래꽃 속에는 경의선

이 놓여 있다』 등을 냈다.

송선미 garaiul1@daum.net
2011년『동시마중』제6호에 동시가 추천되어 등단했다. 동시집『옷장 위 배낭을 꺼낼 만큼 키가 크면』『미지의 아이』(공저)를 냈다.

송진권 likearoad@hanmail.net
2004년『창작과비평』에 시를 발표하며 등단했다. 동시집『새 그리는 방법』『어떤 것』, 시집『자라는 돌』『거기 그런 사람이 살았다고』『원근법 배우는 시간』을 냈다.

송찬호 sch2087@hanmail.net
1987년『우리 시대의 문학』에 시를 발표하며 등단했다. 동시집『저녁별』『초록 토끼를 만났다』『여우와 포도』『신발 원정대』『고양이 사진관』, 시집『흙은 사각형의 기억을 갖고 있다』『10년 동안의 빈 의자』『붉은 눈, 동백』『고양이가 돌아오는 저녁』『분홍 나막신』을 냈다.

송창우 songbee1223@hanmail.net
2018년『동시 먹는 달팽이』신인상을 받으며 등단했다. 동시집『씁쓰름새가 사는 마을』을 냈다.

송현섭 zensong22@hanmail.net
1990년 전북일보 신춘문예에 시가 당선되고, 1992년『문학사상』신인상(시 부문)을 받으며 등단했다. 동시집『착한 마녀의 일기』『내 심장은 작은 북』을 냈다.

신솔원 speedal@hanmail.net
2013년 제5회 천강문학상 대상(아동문학 부문)을 받으며 등단했다. 오디오
북『엄마와 나의 산행일기』를 냈다.

안도현 ahntree61@gmail.com
1981년 대구매일신문, 1984년 동아일보 신춘문예에 시가 당선되어 등단했
다. 동시집『나무 잎사귀 뒤쪽 마을』『냠냠』『기러기는 차갑다』『나는 내가 누
구인지 몰라』, 동화『고래가 된 아빠』『물고기 똥을 눈 아이』, 시집『서울로 가
는 전봉준』『그리운 여우』『외롭고 높고 쓸쓸한』『북항』『능소화가 피면서 악
기를 창가에 걸어둘 수 있게 되었다』외에『연어』『안도현의 발견』『가슴으로
도 쓰고 손끝으로도 써라』『백석 평전』『내게 왔던 그 모든 당신』등을 냈다.

안성은 seongeun23@gmail.com
2023년『내일을 여는 작가』신인상(시 부문)을 받고『블랙』제61호에 동시를
발표하며 등단했다.

안진영 jinirang69@hanmail.net
2010년『동시마중』창간호에 동시가 추천되어 등단했다. 동시집『맨날맨날 착
하기는 힘들어』『난 바위 낼게 넌 기운 내』, 그림책『상어 지우개』를 냈다.

안학수 ssh31202@hanmail.net
1993년 대전일보 신춘문예에 동시가 당선되어 등단했다. 동시집『박하사탕
한 봉지』『낙지네 개흙 잔치』『부슬비 내리던 장날』『아주 특별한 손님』, 청소
년소설『그림자를 벗는 꽃 1~3』, 소설『하늘까지 75센티미터』등을 냈다.

온선영 nobb2@hanmail.net
2023년 『동시마중』 제77호에 동시가 추천되어 등단했다. 동시집 『나의 작은 거인에게』(공저)를 냈다.

유강희 dochaebi@empas.com
1987년 서울신문 신춘문예에 시가 당선되어 등단했다. 동시집 『오리 발에 불났다』 『지렁이 일기 예보』 『뒤로 가는 개미』 『손바닥 동시』 『무지개 파라솔』 『달팽이가 느린 이유』, 시집 『불태운 시집』 『오리막』 『고백이 참 희망적이네』, 산문집 『옥님아 옥님아』를 내고, 『어린이 손바닥 동시』를 엮었다.

이만교 2006mk@hanmail.net
1992년 『문예중앙』 신인문학상(시 부문)에 당선되고, 1998년 『문학동네』 동계문예(단편소설 부문)에 당선되어 등단했다. 동시집 『꼬마 뱀을 조심해』, 청소년소설 『이야기의 이야기의 이야기』, 소설 『예순여섯 명의 한기 씨』 『머꼬네집에 놀러 올래?』 『나쁜 여자, 착한 남자』 『결혼은, 미친 짓이다』, 글쓰기책 『글쓰기 공작소』 외 여러 책을 냈다.

이안 aninun@hanmail.net
1999년 『실천문학』 신인상(시 부문)을 받으며 등단했다. 동시집 『기쁘의 비밀』 『오리 돌멩이 오리』 『글자동물원』 『고양이의 탄생』 『고양이와 통한 날』, 동시 평론집 『천천히 오는 기쁨』 『다 같이 돌자 동시 한 바퀴』, 시집 『치워라, 꽃!』 『목마른 우물의 날들』을 냈다.

이유진 nungebi@daum.net
2023년 『블랙』 제6호에 동시를 발표하며 등단했다. 『이야기 넘치는 교실 온

작품읽기』(공저)를 냈다.

이정록 mojiran@hanmail.net
1993년 동아일보 신춘문예에 시가 당선되어 등단했다. 동시집『콧구멍만 바
쁘다』『저 많이 컸죠』『지구의 맛』『아홉 살은 힘들다』, 청소년시집『까짓것』
『아직 오지 않은 나에게』, 시집『제비꽃 여인숙』『의자』『정말』『눈에 넣어도
아프지 않은 것들의 목록』『동심언어사전』『그럴 때가 있다』등을 냈다.

임수현 rose4435392@hanmail.net
2016년『창비어린이』신인문학상(동시 부문), 2017년『시인동네』신인문학
상(시 부문)을 받으며 등단했다. 동시집『외톨이 왕』『미지의 아이』(공저)『오
늘은 노란 웃음을 짜 주세요』, 청소년시집『악몽을 수집하는 아이』, 시집『아
는 낱말의 수만큼 밤이 되겠지』를 냈다.

임희진 01190559623@naver.com
2018년 한국일보 신춘문예에 동시가 당선되어 등단했다. 동시집『삼각뿔 속
의 잠』, 그림책『달과 토끼』를 냈다.

장동이 kkhh9169@hanmail.net
2010년『동시마중』제3호에 동시가 추천되어 등단했다. 동시집『엄마 몰래』
『파란 밥그릇』을 냈다.

전수완 swan3008@naver.com
2021년 웹진『동시빵가게』에 동시를 발표하고, 2022년『동시 먹는 달팽이』
신인상을 받으며 등단했다.

정유경 six-o@hanmail.net

2007년『창비어린이』에 동시를 발표하며 등단했다. 동시집『까불고 싶은 날』
『까만 밤』『파랑의 여행』『미지의 아이』(공저)를 냈다.

정준호 monchang02@naver.com

2022년 매일신문 신춘문예에 동시가 당선되어 등단했다. 동시집『나의 작은
거인에게』(공저)를 냈다.

정희지 heejeejung@naver.com

2023년『창비어린이』신인문학상(동시)을 받으며 등단했다. 그림책『우산 놀
이』를 냈다.

조인정 drama0130@naver.com

2022년『블랙』제2호에 동시를 발표하며 등단했다. 동시집『나의 작은 거인
에게』(공저)를 냈다.

최문영 totoro418@daum.net

2023년『블랙』제11호에 동시를 발표하며 등단했다. 동시집『나의 작은 거인
에게』(공저)를 냈다.

최인혜 cks4467@hanmail.net

2024년『블랙』제89호에 동시를 발표하며 등단했다.

포도 kjadreamer@gmail.com

2016년『영향력』에 시를 발표하며 등단했다. 시집『오래 미워한 사람에게』,